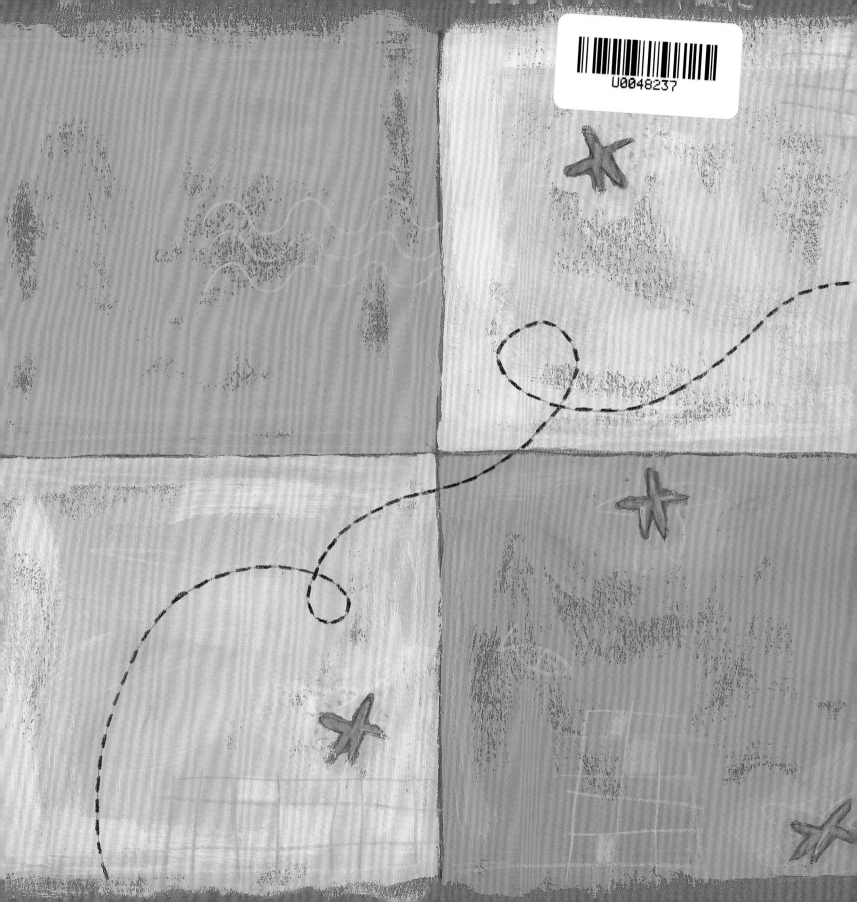

瑞德和布利的黃藍地圖

文／曼努娜·莫拿里
圖／艾芙琳·達比迪
譯／邱孟嫻

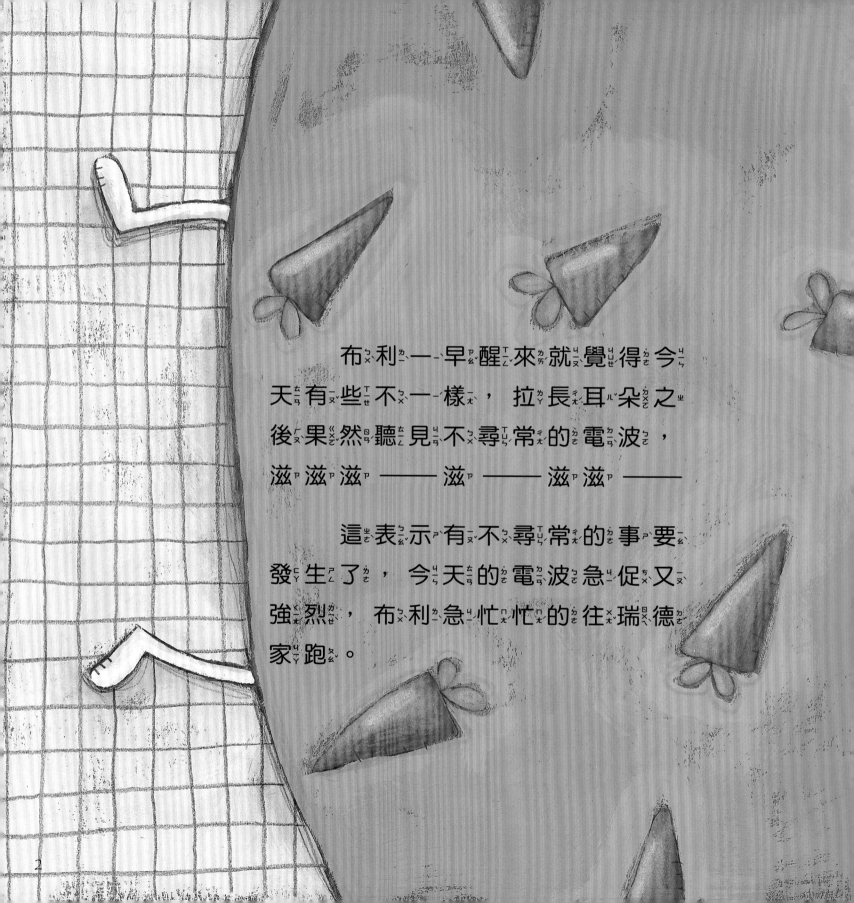

布利一早醒來就覺得今天有些不一樣，拉長耳朵之後果然聽見不尋常的電波，滋滋滋──滋──滋滋──

這表示有不尋常的事要發生了，今天的電波急促又強烈，布利急忙忙的往瑞德家跑。

2

　　瑞德是一隻滿腦怪點子的狐狸，他是布利最好的朋友。

　　「快！瑞德！我們必須馬上出發！」布利大喊。

　　「去哪——兒啊？老兄，今天星期日，我要好好睡大頭覺。」瑞德不耐煩的說，布利每次找他都沒好事。

「管他什麼星期天，我夢見一個超級美的地方，一片閃亮亮的金黃色，看起來好溫暖好舒服，那裡一定有很多寶藏！」

6

瑞德眼睛睜得大大的，原來他也做了一樣的夢，他興奮的說：「嘿！我也是！不過我夢見的是一片美麗的藍色，好新鮮的感覺，好像還聞到一點鹹鹹的味道。」

瑞德困惑的說：「那裡到底是藍色還是黃色的呢？」

布利想了一下說：「就當它是黃藍色的吧！我們現在需要一張尋寶地圖，把夢裡看到的線索都畫下來！」

於是，他們努力回想夢中的每個細節，認真的畫出藏寶圖。完成之後，布利擔心的看著地圖說：「這樣還是不知從何找起耶！」

「哎！寶藏哪有這麼容易找到的？我們去問問有沒有其他人看過相似的地方吧！」瑞德樂觀的說。

他們首先遇到的是豪豬伯伯，他看了看地圖，說：「喔！這漂亮的金黃色讓我想起了那一整片豐收的麥田，只要沿著村子一直往東走就到啦！」

接著，他們遇到了獾先生：「這麼漂亮的藍色我只有在一隻狐狸身上見過，他有一雙深藍的眼睛，嗯……我記得他住在村子東邊。」

　　就在他們快走到森林盡頭時，遇見了一隻老狗爺爺，他親切的說：「你們要去哪裡呢？這裡已經是森林的盡頭了喔！」

　　老狗爺爺瞇了瞇眼睛，看著地圖說：「哦～你們要找的應該就是這片森林了，因為藍色和黃色疊在一起就是綠色，而森林就是一整片綠色！」

13

布利和瑞德一點都不想相信老狗爺爺的說法，他們還是堅持照原來的方向走下去，他們拚命的跑，想快點找到寶藏，跑啊跑，直到……

「咦？是什麼味道啊？」瑞德有個敏銳的鼻子，他停下腳步，在四周仔細的聞了又聞，這時……

一隻他們從沒見過的白色大鳥在他們頭上盤旋，瑞德嗅了嗅，問道：「你是從哪裡來的呢？身上有股特殊的味道呢！」

「我是從海的那一邊來的，我身上是海的味道，海是世界上最漂亮的地方了！」

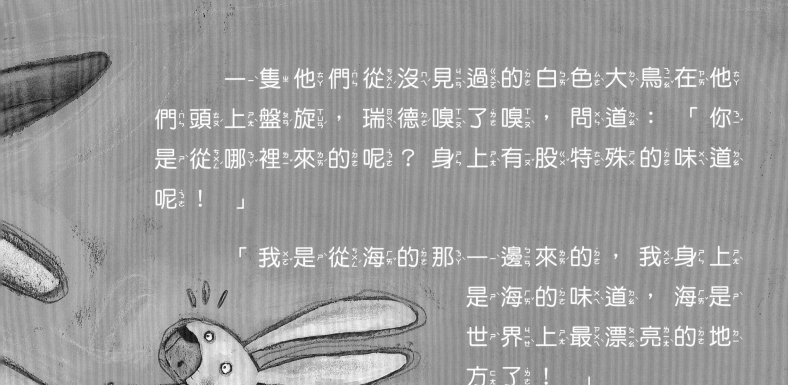

布利和瑞德急忙拿著地圖問他：「那你知道這個地方嗎？」

大鳥沒有回答，只是拍拍翅膀，噗噗噗的飛上天空。

　　沒有得到答案的布利和瑞德只好追著大鳥跑，在繞過一個小彎道以後，令人驚訝的景象出現在他們面前！

　　好美好美的一片沙灘，溫暖的太陽照在細細的白沙上，變成一整片閃耀的金黃色，這就是布利夢中好溫暖好舒服的地方。一旁乾淨透明的藍色海浪緩緩向岸邊推進，這正是瑞德夢裡那個新鮮的藍！

19

他們不敢相信自己的眼睛，只是愣愣的看著眼前的景象，直到浪花打在瑞德的臉上，瑞德舔了一下，大叫：「真的是鹹的！」

布利和瑞德又叫又跳，追著浪花奔跑著，他們好開心，因為夢境是真的！黃藍色的寶藏就是這片美得讓人捨不得離開的金黃色沙灘！

布利和瑞德為他們的合作無間感到非常驕傲，同時他們也明白原來大自然就是最珍貴的寶藏！

23

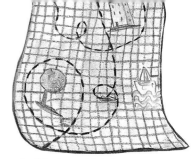

當夢向我招手時——

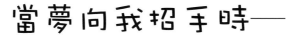

葛容均／臺東大學兒童文學研究所助理教授

　　我想，不用翻到內頁與正文，光是瀏覽《瑞德和布利的黃藍地圖》這部繪本的標題、封面與封底，就很吸引人。標題中「地圖」二字與該詞彙所可能指涉的內容能夠構成饒富想像的符碼 (code) 與指向意義 (signification)，容易引發一連串的好奇與探問：什麼樣的地圖 (這張地圖長得什麼模樣、地圖上有哪些符號或記號) ？誰的地圖 (這幅地圖從何而來) ？地圖指向什麼，是問號 (？)，還是驚嘆號 (！) 是地景？還是寶藏？而且會是什麼樣的地景或寶藏呢？不論為何，有地圖的故事同時也指向了「追尋」和「歷程」。

　　繪本的迷人之處，在於繪本圖文互動出的整體意思與況味，而繪本的圖畫總會或多或少地洩露一些祕密，暗示文字故事尚未揭曉或不曾明示的故事訊息、環境氛圍與角色間的關係。例如在封面「瑞德」和「布利」底下，我們分別見到：一隻頭大眼睛小、身體圓鼓、手長腳短、尾巴豐滿，且尾巴與嘴角皆上揚的狐狸，與他對看的，是一隻頭圓尾巴圓、身體成水滴狀，一樣是手腳細且手長腳短，耳朵長長並看似飄揚著的兔子。他們正是「瑞德」和「布利」，他們身後有著不同顏色，一藍一黃的背景，封面上的垂直中線，讓這兩隻動物主角看似涇渭分明 (各有各的模樣、屬與背景)，但標題文字內的連接詞「和」，加上圖中兩隻動物主角上揚的嘴角、充滿騷動的耳朵及尾巴，他們似乎帶有默契的「相視」態度，還有那穿梭於兩動物主角之間，並跨越封面和封底的實虛線——這些文圖加總在一起的整體與細節，讓我們先於故事正式啟動前，得以有足夠想要駐足玩味主角彼此間關係的樂趣，以及想要翻頁尋找、認識「黃藍地圖」的好奇。而在此作品中，繪者艾芙琳‧達比迪玩了什麼樣的圖景與色彩配置，創造出何樣視覺空間感，添加了哪些插圖細節，以更豐富完整故事氛圍，這些都留待大小讀者進而探索、挖掘。

　　「夢」、「夢境」與「夢想」似乎是作者曼努娜‧莫拿里重要的敘事元素。《瑞德和布利的黃藍地圖》可簡潔說是一個追夢、尋夢的故事。但我更欣賞的，是莫拿里賦予瑞德和布利追尋夢境與實現夢想的態度、方法及過程。我看到了主角們從一般做夢者 (我們都會做夢)，卻能夠憑藉足夠的好奇心和敏銳的生活感知力 (有天早晨一覺醒來，察覺到不一樣的生活頻率，那頻率對我說什麼？)，透過共同畫下地圖作為追夢的具體藍圖，聽聽別人的說法與經驗，始終懷抱著眼見為憑、親身求證的科學精神，變成具有行動力且懂得與人合作的夢想家。以此角度檢視，《瑞德和布利的黃藍地圖》的確為啟發兒童心智，培養兒童探險夢想家，提供值得細細品味的指向意義。

文 / 曼努娜•莫拿里

圖 / 艾芙琳•達比迪　譯 / 邱孟嫻

主編 / 胡琇雅　美編 / xixi

董事長、總經理 / 趙政岷

出版者 / 時報文化出版企業股份有限公司

10803 台北市和平西路三段 240 號七樓

發行專線 / （02）2306-6842

讀者服務專線 / 0800-231-705、（02）2304-7103

讀者服務傳真 / （02）2304-6858

郵撥 / 1934-4724 時報文化出版公司

信箱 / 台北郵政 79 ～ 99 信箱

時報悅讀網 / www.readingtimes.com.tw

電子郵件信箱 / ctliving@readingtimes.com.tw

法律顧問 / 理律法律事務所陳長文律師、李念祖律師

印刷 / 和楹印刷股份有限公司

初版一刷 / 2015 年 9 月 18 日

定價 / 新台幣 240 元

行政院新聞局局版北市業字第八〇號

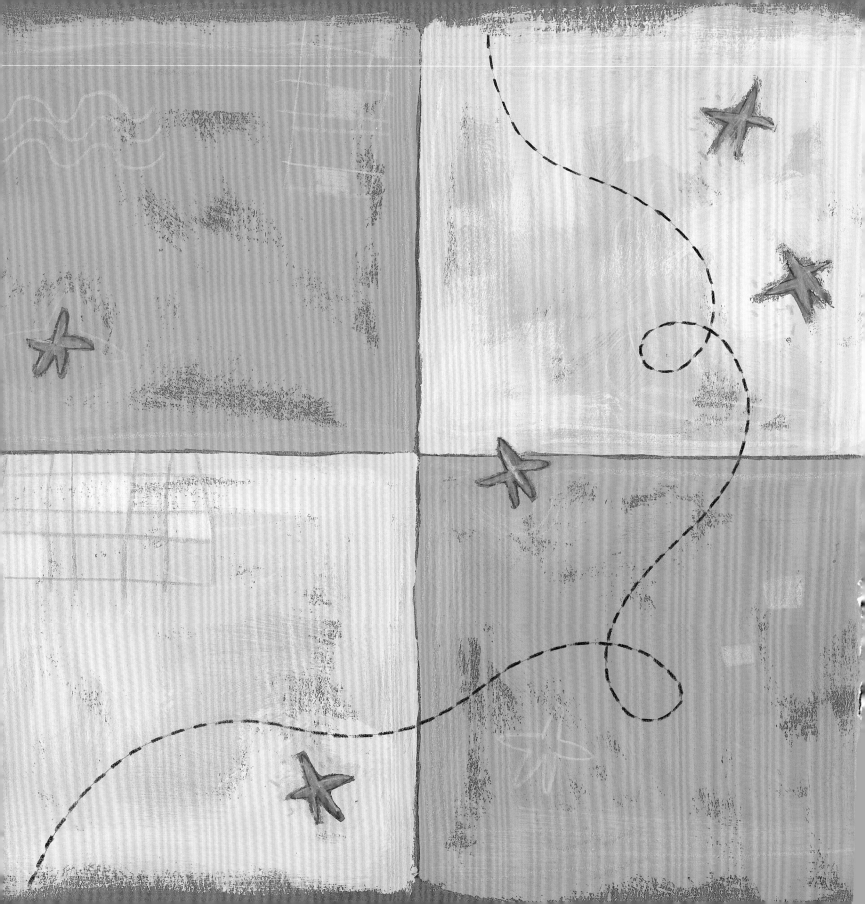